Título original en gallego: **A bruxa regañadentes**

© del texto	Tina Meroto 2005
© de las ilustraciones	Maurizio A. C. Quarello 2005
© de la traducción	Tina Meroto 2005
© de esta edición	OQO editora 2005

Alemaña 72	36162 PONTEVEDRA
Tel. 986 109 270	Fax 986 109 356
OQO@OQO.es	www.OQO.es

| Diseño | Oqomania |

Primera edición	octubre 2005
ISBN	84.96573.04.4
DL	PO.437.05

A mi hermana Sere

La bruja rechinadientes

Tina Meroto, a partir del cuento tradicional

Ilustraciones de Maurizio A. C. Quarello

OQO EDITORA

Había una vez
tres hermanos que se pasaban el día
brincando de un lado para otro.

Su madre les decía siempre:
– ¡No se os ocurra ir al bosque!
Allá en medio vive una bruja
con dientes de hierro,
que se come a los niños;
y, con los huesos,
hace el muro que rodea su casa.

Un día, el mayor dijo:
– **¡Vamos al bosque!**
  ¡Yo no le tengo miedo a las brujas!
– **¡Yo tampoco!** -dijo el mediano.

Pero el pequeño, asustado, avisó:
– **Mamá dijo que no fuésemos…**
– **No seas cagueta** -se burló el mayor.

Y allá se marcharon los tres.

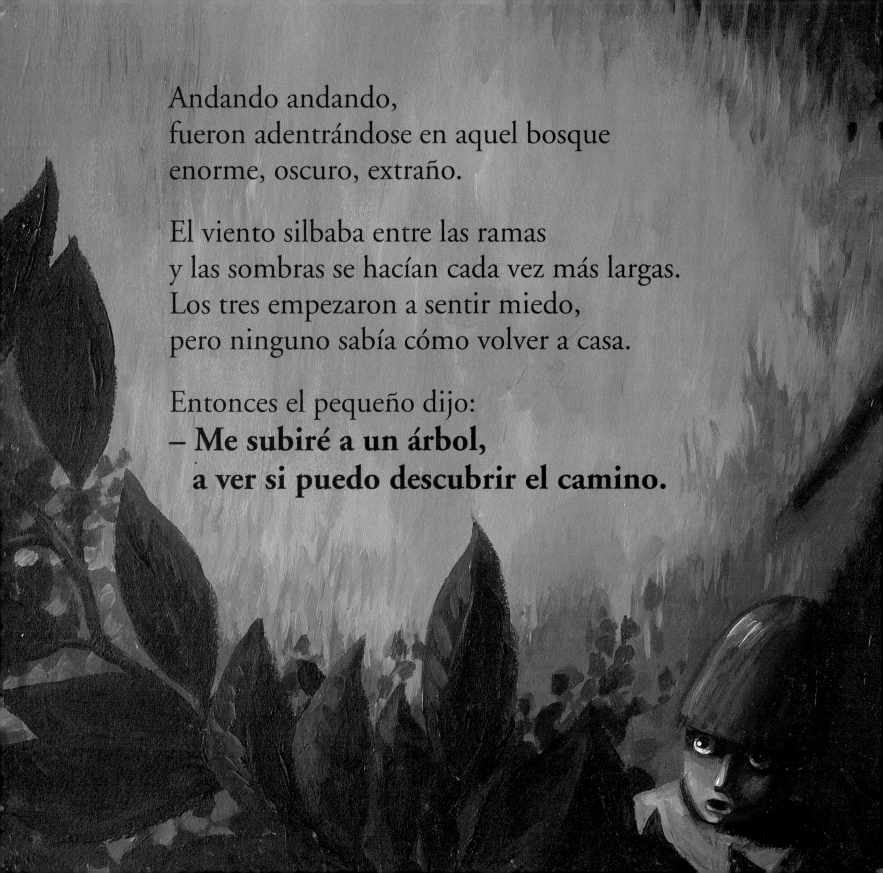

Andando andando,
fueron adentrándose en aquel bosque
enorme, oscuro, extraño.

El viento silbaba entre las ramas
y las sombras se hacían cada vez más largas.
Los tres empezaron a sentir miedo,
pero ninguno sabía cómo volver a casa.

Entonces el pequeño dijo:
— **Me subiré a un árbol,
  a ver si puedo descubrir el camino.**

Desde lo alto del árbol,
vio la luz de una casa, a lo lejos.

Bajó deprisa
y le dijo a sus hermanos:
– **Esa debe de ser la casa de la bruja.**

– **¡Qué va!** -dijo el mayor-.
**Aún falta mucho
para llegar al medio del bosque.
¡Vamos!**

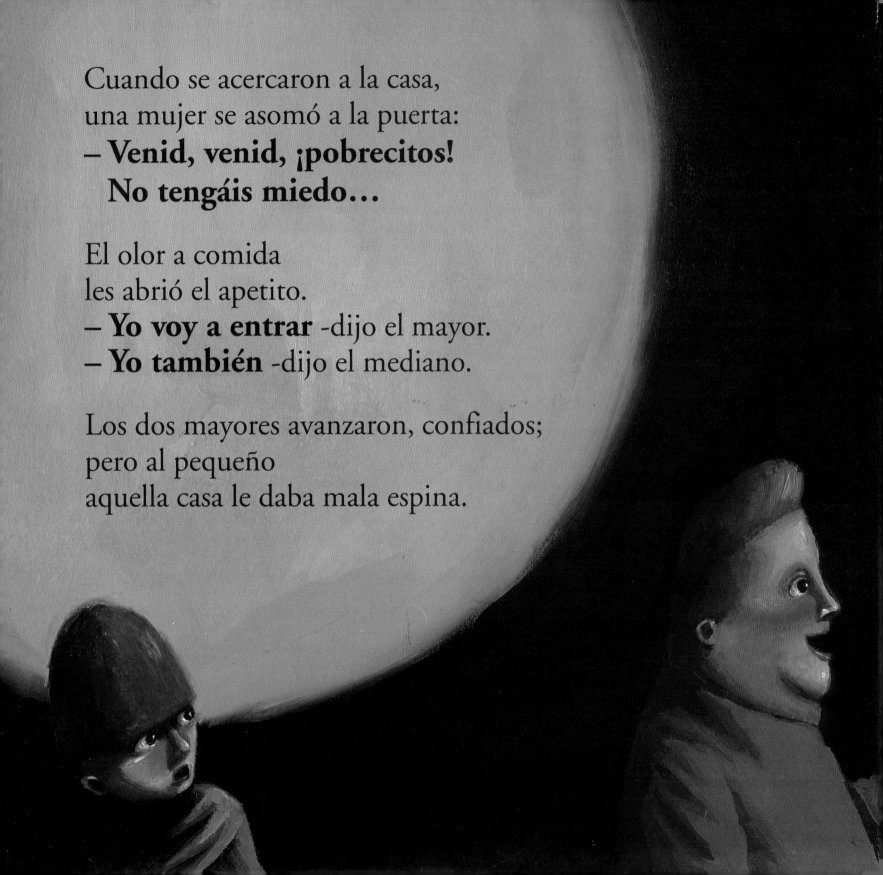

Cuando se acercaron a la casa,
una mujer se asomó a la puerta:
**– Venid, venid, ¡pobrecitos!
No tengáis miedo…**

El olor a comida
les abrió el apetito.
– Yo voy a entrar -dijo el mayor.
– Yo también -dijo el mediano.

Los dos mayores avanzaron, confiados;
pero al pequeño
aquella casa le daba mala espina.

– **¡Qué bien huele!**
-exclamó el mediano.
– **Pasaréis aquí la noche** -dijo la vieja-.
Mañana os llevaré a casa.

El pequeño, mientras tanto, se acercó a una jaula
que estaba encima de un arcón:
– **¿Para qué es esto?**

La vieja, disimulando, contestó:
– **Para encerrar perros extraviados,
gatos abandonados…**

Y, tal vez, niños perdidos, pensó el pequeño.

Cuando acabaron de cenar,
se acostaron los tres en un cuarto.

El mayor enseguida se quedó dormido.
El mediano tardó un poco.
El pequeño daba vueltas y vueltas,
pero no podía pegar ojo.

Entonces vio la luna
que iluminaba el bosque, la huerta…
¡y el muro de huesos!
Huesos de piernas,
huesos de brazos,
huesos de niños pequeños.

De pronto oyó que alguien se acercaba.
¡Era la bruja!

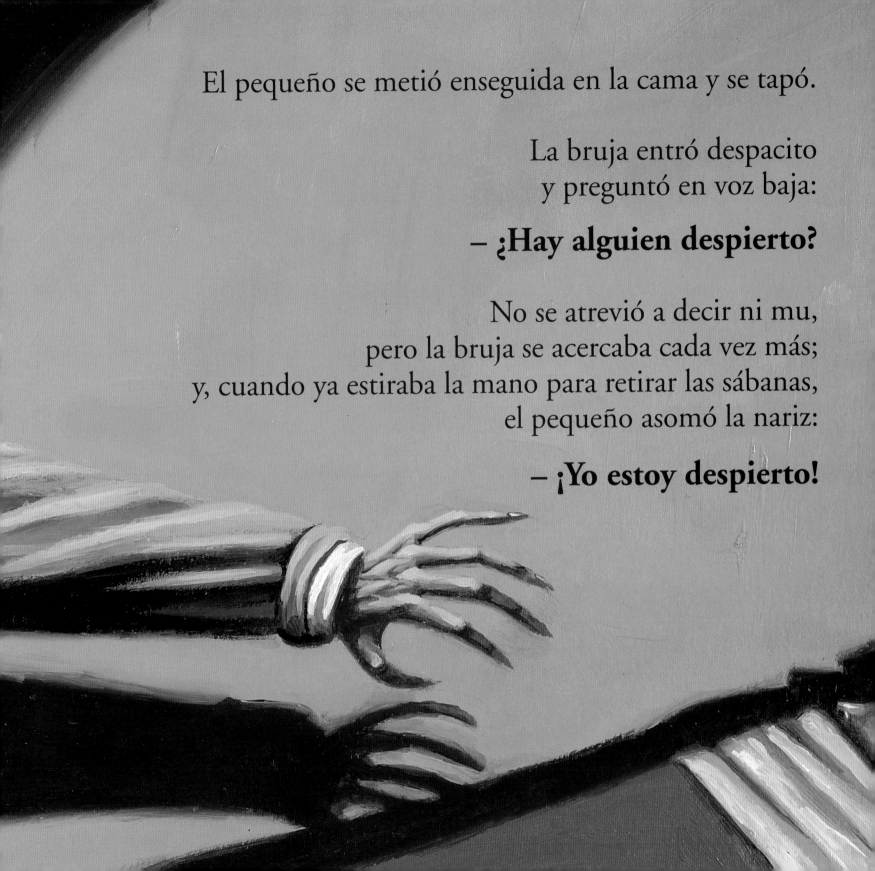

El pequeño se metió enseguida en la cama y se tapó.

La bruja entró despacito
y preguntó en voz baja:

– **¿Hay alguien despierto?**

No se atrevió a decir ni mu,
pero la bruja se acercaba cada vez más;
y, cuando ya estiraba la mano para retirar las sábanas,
el pequeño asomó la nariz:

– **¡Yo estoy despierto!**

– ¿Y cómo no te has dormido?

– Es que… antes de acostarme,
mamá siempre me da un huevo frito.

La vieja, arrastrando los pies,
salió refunfuñando:

– ¡Un huevo frito!
Te traeré, además,
un trozo de pan para que mojes…

El pequeño comió el huevo y se acostó;
pero… ¡imposible dormir!

Al rato, la bruja volvió a preguntar:

— **¿Hay alguien despierto?**
— **Yo…**
**Es que, por las noches,
mamá también me da higos pasos.**

Y la vieja, gruñendo,
se fue a buscar los higos.

El pequeño temblaba de miedo.
Y otra vez apareció la bruja:

– ¿Hay alguien despierto?

– Yo…

– ¿Pero qué rayos te pasa ahora?

– Es que mi madre siempre me trae…
agua del pozo en un colador.
Y, después de beber,
me duermo enseguida.

La vieja, resoplando,
se dio media vuelta…

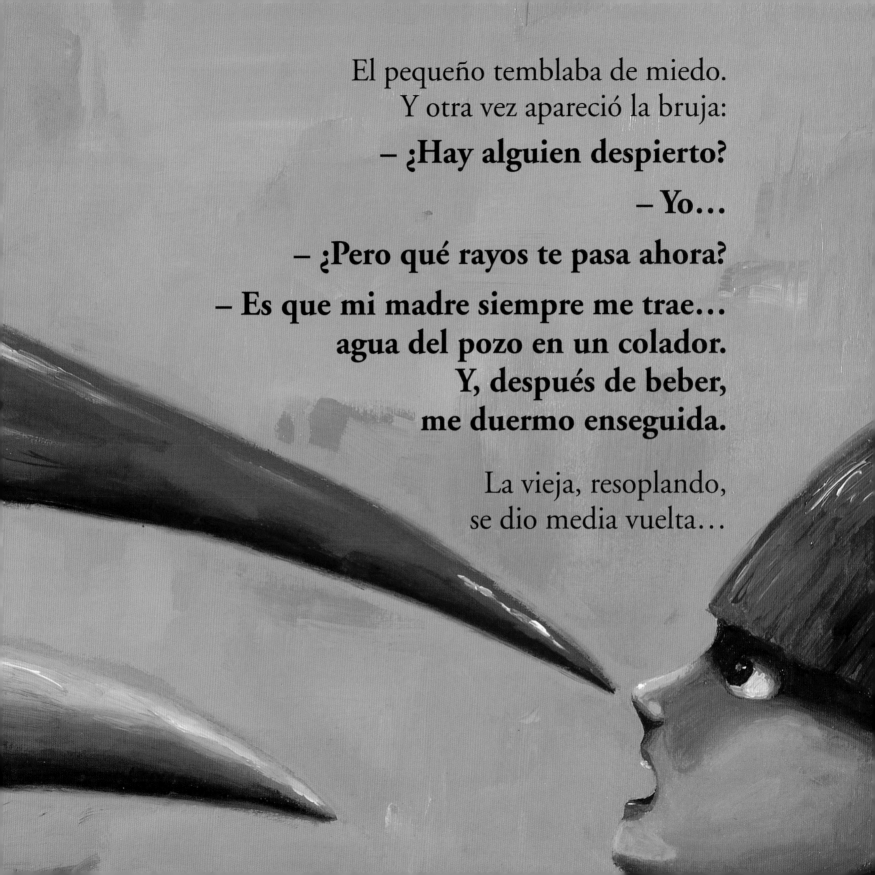

Cuando se inclinó a coger el colador,
se le cayó una pastilla de jabón:

– ¡Mis objetos mágicos!
-exclamó-.
Será mejor que los guarde.

Dejó el jabón,
un peine
y un cuchillo;
y se fue a buscar agua.

En cuanto el pequeño oyó salir a la vieja,
le gritó a sus hermanos:

— **¡Despertad! ¡Esta es la casa de la bruja!**

Los hermanos abrieron los ojos, sobresaltados.

Pero antes de salir corriendo, el pequeño dijo:

— **La bruja ha dejado
unos objetos mágicos en la cocina.
¡Voy a buscarlos!**

La vieja seguía en el pozo,
intentando llenar el colador.

Cuando vio a los muchachos
escapando a la luz de la luna,
echó a correr tras ellos,
haciendo rechinar los dientes.

La bruja se acercaba cada vez más
a los hermanos.

Entonces el pequeño dijo:

– **¡Le tiraré el jabón!**
¡Ojalá lo pise
y se caiga despatarrada!

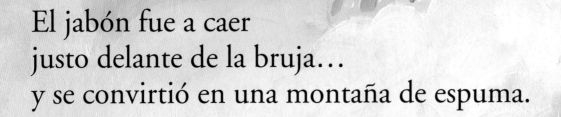

El jabón fue a caer
justo delante de la bruja…
y se convirtió en una montaña de espuma.

A la bruja le escocían los ojos;
y, escupiendo burbujas, gritó:

– ¡Veréis cuando os pille…!

La bruja volvía a acercarse rápidamente.
Entonces el pequeño lanzó el peine:

– ¡Ojalá se le clave en la cabeza!

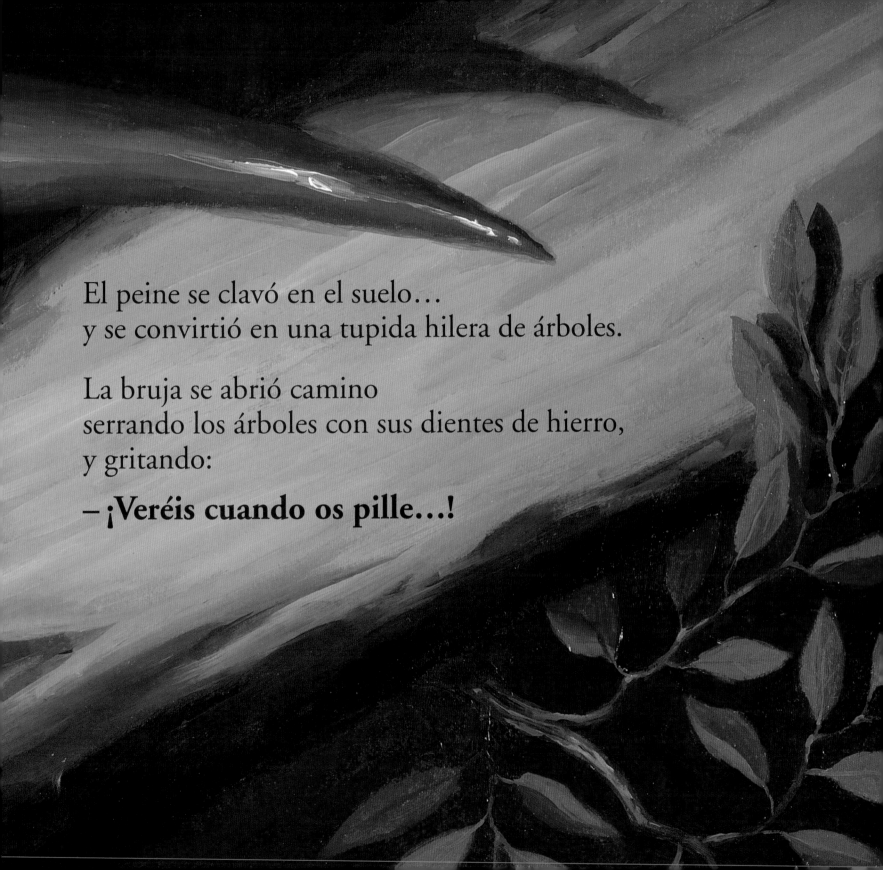

El peine se clavó en el suelo...
y se convirtió en una tupida hilera de árboles.

La bruja se abrió camino
serrando los árboles con sus dientes de hierro,
y gritando:

– ¡Veréis cuando os pille...!

Cuando ya la bruja estaba a punto de alcanzarlos,
el pequeño lanzó lo que le quedaba:
el cuchillo.

– **¡Ojalá le corte un pie!** -dijo.

El cuchillo fue a caer justo delante de la bruja…
y abrió una grieta larga y profunda,
imposible de saltar.

Los niños no pararon de correr
hasta que salieron del bosque.

Y la bruja, con la cabeza gacha y arrastrando los pies,
se fue a casa,
y allí se quedó para siempre.